36 Strategeme für den Alltag

Peter Bernhard

36 Strategeme für den Alltag

Bibliografische Information der Deutschen Nationalbibliothek
Die Deutsche Nationalbibliothek verzeichnet diese Publikation in der
Deutschen Nationalbibliografie; detaillierte bibliografische Daten sind
im Internet über http://dnb.d-nb.de abrufbar.

© 2008 Peter Bernhard
Satz, Umschlagdesign, Herstellung und Verlag:
Books on Demand GmbH, Norderstedt
ISBN 978-3-8370-3130-0

Inhalt

Vorwort

Ach, übrigens erzähle ich manchmal irgendwelche Begebenheiten aus meinem Leben – meist wegen der Pointe.

Und wie Väter so sind, wenn ich es für »lehrreich« oder sonst bemerkenswert hielt, dann erzählte ich so etwas eben auch meinen Söhnen.

Die wurden natürlich mit den Jahren auch immer älter; und eines Tages meinte der jüngere, 43jährige, ich solle so etwas doch mal aufschreiben, vielleicht unter dem Titel »Ach, übrigens …« – Tja, und da fing der Vater an.

Allerdings fing die Schere im Kopf mit vom Zweifel geschärften Klingen an zu schnippen und höhnisch zu flüstern: »Außenstehende interessiert doch so etwas nicht.« »Na«, kam die Gegenstimme, »manches vielleicht doch; ich darf eben die Sprache nicht einfach tröpfeln lassen, sondern muß vorher überlegen.«

Nun hatte ich vorher anderes von anderer Hand gelesen, nämlich die Bücher des Sinologen Prof. Harro v. Senger über den jahrhundertelang geheimgehaltenen Klassiker der chinesischen Literatur, »San shi liu ji«, d. h. die 36 Strategeme, also Kriegslisten bzw. Muster weisen Verhaltens.

Und da fiel mir auf, daß ich schon früher gelegentlich sinnvoll und erfolgreich gehandelt hatte und daß dies dem einen oder anderen der 36 Verhaltensmuster entsprochen hatte. Darin sah ich dann ein Kriterium für die Auswahl meiner Histörchen, die vielleicht nicht nur meine Kinder, sondern auch andere Menschen lesen mögen.

Nun, Sie können es ja mal versuchen. Viel Vergnügen!

Wie ich mir einmal
Überlegenheit verschaffte

Ach, übrigens schon mit elf Jahren, fällt mir jetzt ein, habe ich nach Stratagem 15 gehandelt, »den Tiger vom Berg in die Ebene locken«, d. h. einen Mächtigen aus dem ihm Vorteil bietenden Gebiet (Berg) in ein ihm Nachteile bringendes, fremdes Gebiet (Ebene). Im Deutschen würde man vielleicht »aufs Glatteis führen« sagen.

Ich war 1943 aus Berlin fort in einen ruhigeren Ort an die Ostsee geschickt worden. In einer Pension waren Berliner Kinder wie in einem Kinderheim untergebracht, wo wir jeweils zu viert in einem Zimmer hausten und im Frühstücksraum sowohl unsere Mahlzeiten als auch unseren Unterricht genossen. Kinder-Land-Verschickungs- bzw. KLV-Lager nannte man diese Einrichtungen. Wegen der oft recht unangenehmen Bedingungen dort nannten wir diese Einrichtungen aber einfach »Kinder-Land-Verschleppungs-Lager«.

Die Kinder waren aus ganz Berlin zusammengewürfelt und einander zunächst fremd, aber in unserem Haus alle aus der ersten Oberschulklasse. Da waren neben den üblichen Kinderzankereien auch die Rangordnungsprügeleien an der Tagesordnung.

Obwohl erst elf Jahre alt, war ich nun schon in der siebenten (!) Schule, mit den jeweils unumgänglichen Kennenlernprügeleien, die mich aber leider nicht trainiert sondern nur ängstlich gemacht hatten.

Nun, hier an der Ostsee waren wir natürlich viel am Strand. Wollte man vor jemandem weglaufen, so rutschte man in dem weichen Sand bei jedem Schritt mindestens einen Fußbreit zurück. Na, ein guter Läufer war ich auch nicht, aber – irgendwo hatte ich gelesen, daß Eingeborene in Afrika beim Gehen im Wüstensand die Zehen nach unten halten, um das Zurückrutschen im weichen Sand zu verringern.

Ich übte also abends im Bett, die Zehen lange nach unten zu halten, und machte dann am Strand einen Probelauf – mit phantastischem Erfolg. Wenn Sie bedenken, die Schritte beim Rennen folgen ja ganz schnell aufeinander: 1, 2, 3, 4, 5 …

Und wenn Sie bei jedem Schritt 4 cm weniger zurückrutschen als Ihr Verfolger, dann wächst Ihr Vorsprung 4, 8, 12, 16, 20 cm usw.

In Zukunft rannte ich bei jeder sich ankündigenden Prügelei sofort blitzschnell in den tiefen Strandsand und lockte so die »Tiger« vom »Berg« ihres sicheren Sieges in das »Tal« des weichen Sandes, wo sie mir im Laufen unterlegen waren.

Überflüssig zu sagen, daß ich nie eingeholt worden bin. Ohne es zu kennen, hatte ich das Stratagem Nr. 15 angewendet: »Den Tiger in die Ebene locken«, wo er seines Vorteils beraubt und weniger gefährlich ist.

Strategeme als Leitbilder für zweckdienliches Handeln

Im alten China wurden »Die 36 Strategeme« jahrhundertelang geheimgehalten, denn man hatte sie natürlich als Kriegslisten gegen Feinde verwendet, denen sie nicht bekannt und damit leichter durchschaubar werden sollten.

Für das Wort »jì« (Methode, Verhaltensmuster oder auch Strategem) gibt es ein Schriftzeichen, das wie das deutsche Wort »Fensterbank« aus zwei Schriftzeichen zusammengesetzt ist, nämlich aus »Wort«, hier im Sinn von Merkwort, und »zehn«, das gleichzeitig »vollkommen« bedeutet (wie im Deutschen ja auch »hundertmal« mit der Bedeutung »sehr oft« verwendet wird).

Für den Begriff »Strategem«, oder eben auch »Verhaltensmuster«, wird interessanterweise auch das Schriftzeichen »shì« benutzt, das aber gleichzeitig auch »Weisheit« bedeutet. In China gilt es also als weise, das Verhalten an sinnvollen Mustern zu orientieren.

Das Schriftzeichen für »Wissen« ist aus zwei Zeichen zusammengesetzt, dem für »Pfeil« und dem für »Öffnung«. Einen Pfeil abzuschießen ist wohl nur sinnvoll, wenn man durch eine Öffnung in Deckung oder Rüstung zu treffen weiß.

Dieses Wissen könnte man vielleicht unserem Begriff »Sachwissen« gleichsetzen. Erst mit dem Überblick und der Zusammenschau im Licht der Intelligenz oder »Sonne«, das dem Schriftzeichen für »Wissen« hinzugefügt wird, ergibt sich »Weisheit«, die eben auch sinnvolles und zweckdienliches Verhalten ermöglicht und Methoden, also Strategeme dazu, kennt.

Es ist schon bemerkenswert, daß im Chinesischen die Strategeme zu kennen und anzuwenden der Weisheit zugerechnet wird, während im Abendland der Begriff Weisheit so nicht existiert und Strategem eher mit dem Begriff Kriegslist, also lediglich der Schädigung anderer, in Verbindung gebracht wird, und List (ursprünglich »Erfahrung«, »Wissen«; erst später »Täuschung«) mit Lug und Trug in Verbindung gebracht wird. »Shì«, »Weisheit«, »Verhaltensmuster« oder eben auch »Kriegslist«, bedeutet in China also gleichzeitig »Weisheit«. In China gilt es also als weise, das Verhalten an sinnvollen Mustern zu orientieren.

Das alles sei hier nur erwähnt, um zu zeigen, daß mir auch das für Strategem benutzte Zeichen »Weisheit« lieber ist als das andere ebenfalls benutzte Zeichen »Einfall«, »Plan«, »Berechnung«, »abschätzen«, das im Wörterbuch auch »Strategem« genannt wird. »Strategem« erinnert aber eben sehr an Strategie, also an Kriegskunst, Kriegslist, Feindschaft und Täuschung.

Meine Geschichten werden aber auch deutlich zeigen, daß es bei Strategemen keinesfalls immer um Feindschaft und Übervorteilen geht – was natürlich auch vorkommen kann, aber nicht zwangsläufig – sondern einfach um Methoden, etwas zu erreichen, zum Nutzen beider (oder eben auch nur des einen, aber ohne zwangsläufig dem anderen zu schaden).

Der preußische König Friedrich der Große meinte, die Zahl der Kriegslisten sei unendlich. Das zeigt aber nur, daß er seine Kriegslisten frei erfand, ohne die Grundmuster zu kennen. Aber das Wissen um Strategeme erleichtert natürlich jeweils die Entwicklung eines angemessenen Verhaltensmuster oder das Erkennen der von anderen eingeleiteten Strategeme. Deshalb es ist sinnvoll, sich mit den von Harro v. Senger hierzulande verbreiteten chinesischen 36 Strategemen zu beschäftigen.

Eine unangenehme Strafe abkürzen

Es war in ebendiesem KLV-Lager an der Ostsee, daß ich aus irgendeinem Grund damit bestraft wurde, in Zukunft die immer wieder verdreckten Toiletten zu reinigen, was häufig nötig und immer eine ziemliche Sauerei war.

Ich tat so, als ob mir das überhaupt nichts ausmache. Und als ich einmal während des Unterrichts herausgerufen wurde, um meiner Strafe entsprechend tätig zu werden, da verließ ich die Klasse »freudestrahlend« mit den Worten: »Nun macht ihr mal schön Mathe, ich habe Besseres zu tun …«

Und um diese Tendenz noch zu verdeutlichen, bastelte ich mir einen »Toilettenreinigerorden«, den ich deutlich sichtbar am Hemd trug. Er zeigte ein Klosett und eine Bürste sowie einen Stern und zwei Winkel.

Es dauerte gar nicht lange, bis der Lagerleiter sagte: »Das scheint ihn überhaupt nicht zu stören«, und einem anderen, inzwischen straffällig gewordenen, meine »Aufgabe« übertrug.

Heute weiß ich, daß ich nach Stratagem 27 vorgegangen war: »Verrücktheit mimen, ohne das Gleichgewicht zu verlieren.« Den Kern der Strafe hatte ich dadurch zu einem Nichts gemacht, daß ich so getan hatte, als wäre die eklige Reinigungsarbeit für mich überhaupt nicht unangenehm.

Denn wenn es nun schien, daß ich das gern tat, dann war es keine Strafe mehr, und dann war auch mit einer erzieherischen Wirkung nicht zu rechnen. Also erübrigte es sich, die Strafe aufrechtzuerhalten; man konnte sie bei einem Geeigneteren einsetzen.

Spontane Reaktion mit Wirkung

Als 13jähriger war ich in Ostmähren in einem kleinen alten Städtchen am Fuß des Altvatergebirges. Im März/April 1945 kam die russische Front etwa 30 km vor der Stadt zum Stehen.

Ich war Meldegänger beim Volkssturm, wohnte bei meinen Eltern, ging jeden zweiten Tag zum Dienst und die anderen Tage dazwischen in die Schule. Wer dort einmal fehlte, mußte eine schriftliche Entschuldigung beibringen – trotz der Nähe zur Front und gelegentlich hörbarem Geschützdonner. Das nenne ich »deutsche Gründlichkeit«! Aber deswegen erzähle ich das nicht.

Am 6. Mai sollte ich konfirmiert werden, sogar ein Nußkuchen war fertig, aber die Konfirmation wurde abgesagt, weil die russischen Soldaten auf die Stadt vorrückten. Statt in die Kirche wurden wir »Volkssturm-Jungen« zur Verteidigung der Stadt auf einen Hügel befohlen. Lustlos, aber auch ohne die Situation wirklich zu begreifen, trafen wir nach und nach ein.

In Kriegsfilmen hatte ich gesehen, wie Offiziere fielen und dann einer von den Mannschaften die Faust nach oben streckte und rief: »Alles hört auf mein Kommando!« Damit war er dann für den Augenblick Befehlshaber – bis später zu angemessener Zeit die Kommandostruktur neu festgelegt wurde.

Als ein verspäteter Ankömmling maulend erzählte, er habe unseren obersten Vorgesetzten, den Bannführer, in einem schwarzen Mercedes Richtung Westen fahren sehen, tat ich das folgende ganz automatisch: Ich reckte die rechte Faust in die Höhe und brüllte: »Alles hört auf mein Kommando! Dem Führer sollen wir folgen! Nach Westen weggetreten!«

Ich lebte erst seit acht Monaten in der Stadt, war aus Mecklenburg gekommen und sprach natürlich nicht den örtlichen Dialekt. Auch war ich keinesfalls der Älteste oder Größte. Aber niemand widersprach.

Alle verkrümelten sich, und auch ich ging zu unserer Wohnung, wo ich meine Eltern und zwei Geschwister noch antraf, die sich anschickten, einen Anhänger an einer Zugmaschine der Fabrik zu besteigen, um zu flüchten. Ich war gerade rechtzeitig gekommen und konnte mitfahren.

Erst Jahrzehnte später wurde mir bewußt, daß meine Berliner Frechheit damals jedem erlaubt hätte, mich wegen »Wehrzersetzung« zu erschießen. Aber später hörte ich auch, daß selbst solche »Volkssturm-Jungen« wie wir nach Sibirien gebracht worden sind. Also hatte mein spontaner Ausbruch doch nicht nur für mich sein Gutes.

Erst heute weiß ich, daß ich nach dem Strategem Nr. 30 gehandelt hatte: »Die Rolle des Gastes in die des Gastgebers umkehren.«

Prügelknabe? Warum eigentlich?

Mein Uniformhemd hatte ich auf der Flucht aus dem Osten weggeworfen, denn ich hatte das Gefühl bekommen, daß es in Tschechien kein beliebter Anblick für die Menschen war.

Bei einem Wagner mit Landwirtschaft hatte ich mir Unterkunft und Verpflegung verdient. Aber ohne Hemd, nur mit einem Turnhemd bekleidet, konnte ich auf die Dauer nicht leben. So gab mir jemand eine weggeworfene Uniform, die der Dorfschneider für mich passend machte.

Und als ich dann doch wieder in die Schule gehen konnte, weil eine pensionierte Lehrerin mir Kost und Logis in der kleinen Stadt bot, die zwischen Kassel und Marburg liegt, fand ich mich dann eines Tages auf dem Weg in meine zehnte (!) Schule, um dort die Untertertia zu besuchen (heute würde man »zehnte Klasse« sagen). Also standen mir wieder die Kennenlern- und Rangordnungsprügeleien bevor, unter denen ich in allen Schulen gelitten hatte. So wie ich jetzt aussah, erst recht.

Aber da kam mir eine Idee. Hier wußte ja niemand, daß ich der Prügelknabe war. Man sagt ja so schön, mit Kanonen auf Spatzen schießen, und meint, mit unangebracht großem Aufwand etwas anzugehen, aber eben nicht nur mit unangebracht großem, sondern vor allem unerwartet großem und damit überraschendem Einsatz.

Und so beschloß ich, die geringste Provokation oder Herausforderung nicht schrittweise eskalieren zu lassen, sondern mit »Kanonen«, sprich unangemessener Heftigkeit, möglichst publikumswirksam zu beantworten.

In diesem Städtchen, in dem während des Krieges augenscheinlich nicht eine einzige Bombe gefallen war und das so beschaulich wirkte wie in dem Buch »Die Feuerzangenbowle« das Städtchen Odernitz, muß ich schon einen seltsamen Eindruck gemacht haben, und in der Schule natürlich auch – mit meiner Uniform ohne Rangabzeichen, mit schwarzem Käppi auf dem Kopf und den Knobelbechern (kurzen Soldatenstiefeln).

Und siehe da, kaum hatte ich in der letzten Reihe den letzten freien Platz in der Klasse gefunden und die Schulmappe vor mich auf die Tischplatte gelegt, da kam auch schon von ganz vorn ein kleiner, quicklebendiger Mitschüler zu mir und fegte mit einer Handbewegung meine neue Schulmappe aus orangefarbenem Kunststoff vom Tisch, so daß sie unsanft auf dem dreckigen Klassenboden landete.

Der normale Ritus wäre jetzt gewesen, daß ich die Schulmappe wieder auf den Tisch lege und dabei ärgerlich knurrend zwischen den Zähnen herauspresse: »Mach das bloß nicht noch mal!«

Das wurde erwartet, aber das tat ich nicht, sondern ich packte den völlig überraschten Knaben, hob ihn etwas hoch und warf ihn gegen einen Schrank voller Lehrmittel, der an der Rückwand der Klasse stand. Mit Glasfenstern!

Eine Scheibe ging klirrend zu Bruch und fiel vor dem Schrank auf den Boden. Es war vor der ersten Unterrichtsstunde, der Lehrer konnte jeden Augenblick kommen; und so rappelte sich der Angreifer verdutzt auf und ging an seinen Platz.

Der Lehrer, selbst heute das erste Mal in der Klasse, trat ein und begann dann das für eine solche erste Stunde übliche Abfragen der Namen. Mir fiel auf, daß keiner der Schüler sich meldete, um auf die zerbrochene Scheibe und meine Missetat aufmerksam zu machen. »Gewünschte Wirkung erreicht«, sagte ich mir und sollte damit recht behalten.

Ich hatte, ohne sie zu kennen, nach Strategem Nr. 18 gehandelt: »Will man eine Räuberbande unschädlich machen, muß man deren Anführer fangen.« Und es zeigte sich dann, daß ich in dieser Klasse das erste Mal meine Ruhe hatte und behielt.

Glück und Glas ...

Am Ende der Stunde ging ich zu unserem neuen Englischlehrer nach vorn und sagte zu ihm, er habe im Laufe seiner ersten Kennenlernstunde offensichtlich nicht die Glasscherben und die zerbrochene Scheibe an dem Lehrmittelschrank da hinten bemerkt: Das hätte ich gemacht.

Er war sehr davon angetan, daß ich mich unaufgefordert freiwillig gemeldet hatte, und sagte freundlich: »Ach, da sagen wir dem Direktor erst gar nichts davon. Du hast bei einem Wagner gearbeitet und kannst das. Nimm einfach mit deinem Lineal Maß von der Scheibe und besorge heute nachmittag beim Glaser ein passendes Stück Glas. Morgen habe ich in der ersten Stunde Englisch bei euch, und während ich die Vokabeln abfrage, setzt du hinten an dem Schrank die Scheibe ein. Und damit ist der Fall erledigt.«

Heute weiß ich, daß ich entsprechend dem Stratagem Nr. 19 gehandelt hatte: »Unter dem Kessel das Brennholz wegziehen.« Denn indem ich mich unaufgefordert mit meiner Untat gemeldet hatte, hatte ich dem eventuellen Zorn des Lehrers – bei uns würde man sagen: den Wind aus den Segeln genommen.

Muß man immer etwas tun?

Wie es dazu gekommen ist, weiß ich nicht mehr, aber als 16jähriger nahm ich auf einer Jugendburg an einem Lehrgang für Laienspieler teil. Außer den Vorträgen und Spielübungen gab es natürlich auch den üblichen Ringelpiez mit nächtlichem Umherschleichen. Das gipfelte in einem Wasserangriff auf den Mädchenschlafsaal, der mit fürchterlichen Racheschwüren beantwortet wurde.

Deren Verwirklichung mußten wir Jungen am letzten Abend vor der für den frühen Morgen vorgesehenen Abreise entdecken: In unseren Betten waren Hagebuttensamen verteilt, die gemeinste Art von Juckpulver, die ich kenne.

Wir waren entsetzt. Aber als einige anfangen wollten, das Zeug mit der Hand wie Krümel vom Bettlaken zu wischen, rief ich: »Halt, halt! So reibt ihr's nur rein!«

Vorsichtig schüttelten wir dann Bettlaken und -bezüge aus, wendeten sie um und bezogen so die Betten wieder. Damit war das Unglück abgewendet und die ungestörte Nachtruhe gesichert.

Aber nun folgten wilde Vorschläge für ausgeklügelte Vergeltungsangriffe auf den Mädchenschlafsaal. Während ich dies schreibe, wundere ich mich selbst, wie ich damals auf die Idee kam; erinnere mich aber, daß mich der Gedanke an das bevorstehende wirklich frühe Aufstehen am nächsten Morgen irgendwie störte und die Begeisterung dafür, mir die Nacht mit Schleichen und Auflauern um die Ohren zu schlagen, auf Null sinken ließ.

So schlug ich vor, gar nichts zu tun. Mochten sich die Mädchen in der Erwartung unseres nächtlichen Überfalls die ganze Nacht wach halten; wir könnten dem reichlich frühen Aufstehen ruhig entgegenschlafen und ausgeruht den weiten Weg zum Bahnhof antreten, während die Mädchen übernächtigt und kaputt unausgeschlafen ebenso früh aufstehen mußten. Die beste Rache für das Juckpulver aus Hagebuttensamen!

Heute weiß ich, daß wir, ohne es zu kennen, das Stratagem Nr. 4, »Ausgeruht den erschöpften Feind erwarten«, angewandt hatten.

Natürlich haben wir den Mädchen freundlich einen guten Morgen gewünscht und uns artig erkundigt, ob sie gut geschlafen hätten, obwohl die dunklen Ringe unter den Augen die Antwort schon vor der Frage gegeben hatten.

Man muß eben nicht immer etwas tun, wenn man etwas Besonderes erreichen will!

Manchmal hilft das Gegenteil!

Als ich mit 15 Jahren in der kleinen nordhessischen Stadt meine zehnte Schule besuchte, war ich weit davon entfernt, ein guter Schüler zu sein. Durch Wohnortswechsel meiner Eltern hatte es sich ergeben, daß ich im Durchschnitt jedes Jahr in eine andere Schule ging; mit anderen Schülern, Lehrern, Schulwegen und vor allem anderen Schulbüchern.

Mein Lateinlehrer schien mich nicht besonders zu mögen. Er hatte eine etwas sadistische Ader: Er gab z. B. die Klassenarbeiten zurück wie bei einer Versteigerung. Erst kamen die dran, die eine Eins hatten – wenn es denn jemanden gab, der bei ihm eine Eins bekommen hatte. Dann folgten die Schüler, die eine Zwei hatten usw.

Im Unterricht reckte er gern den Hals und rief jemanden etwa so auf: »Aaah, wer versteckt sich denn da hinten hinter dem Rücken vom Köhler? Ja, du da!?!« Darum hatte ich mich schon vorn in die zweite Reihe gesetzt, da schaute er oft über mich hinweg, auf seiner Suche nach Sich-Versteckenden.

Aber dann fiel mir schließlich auf, daß er mich gern aufrief, wenn ich nichts wußte und mich darum auch nicht gemeldet hatte; darum meldete ich mich jetzt einfach, wenn ich es nicht wußte. Das half eine ganze Zeitlang.

Ohne es zu kennen, hatte ich das altchinesische Verhaltensmuster Nr. 32 angewandt: »Das Strategem der Öffnung der Tore (einer in Wirklichkeit nicht verteidigungsbereiten Stadt)«. Diese Bezeichnung hängt mit dem Coup eines bekannten chinesischen Staatsmanns und Feldherrn des 3. Jahrhunderts zusammen. Angesichts des überraschend heranrückenden Feindes auf die Stadt, in der er mit viel zu wenig Soldaten lag, ließ er die Tore öffnen und setzte sich selbst ganz gemütlich auf die Stadtmauer und spielte auf seiner Wölbbrettzither. Die Feinde argwöhnten einen Hinterhalt hinter den geöffneten Stadttoren und kehrten um.

Ich hatte meinen Lehrer davon abgehalten, mich dranzunehmen, denn er wollte mich ja nur fragen, wenn ich keine Antwort wußte. Eine Zeitlang konnte ich mir damit meine Ruhe vor ihm verschaffen.

Nicht immer kommt man
von alleine weiter ...

Mein Vater hatte es schwer, die Familie durchzubringen; in seinem Beruf als Revisor wurde er nirgends gebraucht, und so hatte er sich als Landarbeiter verdingt. Beim letzten Zeugnis hatte er gesagt, wenn ich sitzenbliebe, nähme er mich von der Schule.

Das Schuljahr ging zu Ende, und es wurde mir bedeutet, daß ich mit dem berüchtigten »Blauen Brief« zu rechnen hätte (mit dem den Eltern mitgeteilt wird, daß die Versetzung in die nächste Klasse gefährdet sei).

Latein war meine Achillesferse, und der Lateinlehrer hatte mich auch noch auf dem Kieker. Aber damit nicht genug; er war gleichzeitig mein Deutschlehrer, mein Geschichtslehrer, mein Erdkundelehrer und, wen wundert's, mein Klassenlehrer. Was tun?

Nach einigem Überlegen ging ich eines Tages zum Direktor und fragte ihn, ob er wolle, daß ich die Schule verließe. Der antwortete ganz überrascht mit »Nein, natürlich nicht« und fragte, wieso ich eine solche Frage stelle.

Nun, sagte ich, ich hätte die Ankündigung des Blauen Briefes von meinem Klassenlehrer; aber mein Vater habe gedroht, mich von der Schule zu nehmen, falls ich einen Blauen Brief bekommen würde (was ich durchaus begreiflich fand).

Der Direktor verstand. Als Leiter der Schule und Lehrer und vielleicht auch einfach als Mensch war er natürlich dafür, daß Schüler blieben, statt zu gehen. Er erklärte mir seine Schwierigkeit, denn ohne vorherige Benachrichtigung der Eltern sei es vom Schulrecht ausgeschlossen, einen Schüler sitzenbleiben zu lassen.

Nach kurzer Überlegung nahm er mir das Versprechen ab, daß ich mich anstrengen würde, und sagte mir zu, keinen Blauen Brief zu schicken. Mein Klassenlehrer hätte eine solche Zusage weder geben können noch wollen.

So hatte ich, ohne es zu kennen, das Stratagem Nr. 2 angewendet: »(Die Hauptstadt des Staates) Wei belagern, um (den durch die Hauptstreitmacht des Staates Wei angegriffenen Staat) Zhao zu retten.«

Ich bekam ein Zeugnis, das gut genug für die Versetzung war, letztendlich mit dem Ergebnis, daß ich die Obersekunda-Reife erreichte.

Befreiung aus schwieriger Lage

Also, daß das Gymnasium für mich kein Zuckerschlecken war, ist wohl deutlich geworden. Ich lebte inzwischen an meinem zehnten Wohnort und besuchte auch die zehnte Schule. Mein Lateinlehrer hatte mich auf dem Kieker – soll heißen: er schien mich nicht zu mögen. Meine Leistungen in dieser »Schreibe« – denn Sprache kann man von niemandem Gesprochenes wohl nicht gut nennen –, also meine Leistungen waren wirklich nach erstem Anfängerglück nicht berauschend. *Wenn* ich aber mal eine richtige Antwort gab, pflegte der Lehrer zu sagen. »Ein blindes Huhn findet auch einmal ein Körnchen.« Bemerkenswert finde ich heute, daß er es schließlich schaffte, daß ich selbst dann keine Antwort mehr gab, wenn ich die Antwort wußte. Nicht sehr karrierefördernd, ein solches Verhalten, aber irgendwie doch angemessen.

Aber das war noch nicht alles. Dieser Lehrer war mein Klassenlehrer – und gleichzeitig auch mein Deutschlehrer, mein Geschichtslehrer und mein Erdkundelehrer!

Nun, zu Hause war ich ein großer Bastler. Die Arbeit bei dem Wagner hatte mich aus dem rechtwinkligen, gewissermaßen flächigen Denken, wie etwa dem eines Tischlers, hinausgeführt in die Dreidimensionalität von geschwungenen Heugabelstielen und Kutschendeichseln, deren nach oben und innen gewölbte Formen mit dem Ziehmesser – eine Elle lang mit zwei Griffen an beiden Enden für die Hände – herauszuarbeiten waren. Ich hatte sogar Kasperlepuppen mit Nasen und Ohren versehen, Holzschnitte gemacht und gedruckt, aber auch eine Brotschale geschnitzt und anderes.

1934 waren meine Eltern bei den Passionsspielen in Oberammergau gewesen und hatten dort auch die vielen Figuren von Holzbildhauern und Holzschnitzern bewundert.

Eines Tages las meine Mutter aus einer Zeitung die Nachricht vor, daß die dortige Staatliche Berufsfachschule für Holzbildhauerei wieder eröffnet sei. Diese Nachricht prägte sich mir tief ein und ließ in mir den Wunsch entstehen, Bildhauer zu werden. Im Schaufenster einer Buchhandlung hatte ich eine Holzfigur gesehen, die der Vater meines Banknachbarn gemacht hatte.

Ich weiß nicht mehr, was mich auf die Idee brachte, zum Arbeitsamt zu gehen, aber dort gab man mir eine Antwort auf meine Frage, wie ich herausbekommen könne, ob ich für den Beruf des Bildhauers überhaupt geeignet sei. Man sagte mir, daß dazu ja die Berufsberatung da sei und man mich dort einer Prüfung unterziehen könne.

Also ließ ich mir einen Termin geben und machte Worttests, eine Bildbeschreibung und andere Testaufgaben und schloß mit »gut« ab.

Nicht jeder kennt den Bildhauer Anton Pilgram, der die Figuren im Wiener Stephansdom schuf und sich mit einer aus einem Fenster unter der Kanzel schauenden Figur im Selbstporträt verewigte – später allen Österreichern bekannt durch eine kritische Fernsehsendung, »Der Fenstergucker« genannt, deren Titelbild ebendiese Figur zeigte.

Meine Mutter, eine geborene Pilgram, glaubte, eine Nachfahrin von ihm zu sein und in mir seine künstlerische Ader zu erkennen. Das gab mir den Mut, meinen Berufswunsch zu äußern.

Mein Vater war kurz vor der fälligen Zeugnisausgabe von meinem Klassen-, Latein-, Deutsch-, Erdkunde- und Geschichtslehrer zu einem Gespräch in der Schule aufgefordert worden. Über Inhalt oder Ergebnis des Gesprächs sprach er nicht.

Trotz bescheidener Zensuren hatte ich von ihm bisher nach dem Vorzeigen meiner Zeugnisse immer eine oder zwei Mark bekommen. Als ich nun dieses Mal nach der Zeugnisausgabe nach Hause kam und ihm meinen Wisch vorweisen mußte, las er die Zensuren meines Klassenlehrers laut vor und schloß mit »… Latein: fünf«. Darauf griff er in seine Tasche und drückte mir fünf Mark in die Hand (10 % seines Monatslohns!). Ich verstand das so, daß er meine Einschätzung dieses Lehrers teilte.

Und so faßte ich nach einiger Zeit den Mut, ihm und meiner Mutter meinen Berufswunsch vorzutragen. Das führte dann dazu, daß ich – die Währungsreform fand gerade statt, und jede Familie bekam pro Kopf 40 DM ausgehändigt – mit dem kostbaren Betrag von drei Familienmitgliedern, also mit 120 DM, nach Oberammergau reiste, um die Aufnahmeprüfung zu machen und später dann acht Semester lang die Berufsfachschule für Holzbildhauerei zu besuchen.

Die Zensur des Abschlußzeugnisses entsprach übrigens genau der, mit der mir vorher die Berufsberatung die Eignung für diesen Beruf bestätigt hatte.

Allerdings stellte sich dann später doch heraus, daß

ich professionell als Bildhauer gar nicht arbeiten wollte und wohl mit meinen Eltern auch mich selbst getäuscht hatte. Im Grunde war es mir doch wohl nur um die Flucht aus der Situation mit dem Lehrer – der Begriff »Mobbing« war noch nicht erfunden – und die Flucht aus der Schule gegangen. Das Stratagem Nr. 36, »(Rechtzeitiges) Weglaufen ist (bei sich abzeichnender völliger Aussichtslosigkeit) das Beste«, kannte ich natürlich nicht, aber der Gedanke ›Nichts wie weg hier!‹ war mir nicht fremd.

Und ohne es zu wissen, hatte ich das Stratagem Nr. 6 der alten Chinesen angewandt: »Im Osten lärmen und im Westen angreifen.« Das »Lärmen im Osten« war die Ausnutzung von Mutters Traum vom künstlerischen Erbe des berühmten Vorfahren gewesen; und die eigentliche Handlung, »im Westen angreifen« genannt, war die bloße Flucht aus dem aussichtslosen Schulbesuch.

Aber das erkannte ich erst Jahrzehnte später …

Nicht immer ist der Schüler wehrlos

Mit 17 Jahren hatte ich also meine Ausbildung zum Holzbildhauer begonnen. In einem großen Raum arbeiteten die Schüler aller vier Semester, so daß man als Neuling Gelegenheit hatte, den Älteren bei der Arbeit zuzusehen – und auch manchmal abzugucken. Jeder arbeitete entsprechend dem Stand seines bisher erreichten Könnens an ganz unterschiedlichen Aufgaben.

Davon unabhängig wurden von Zeit zu Zeit Wettbewerbe veranstaltet, für die ein Thema gegeben wurde, das jeder in der Freizeit, also außerhalb der Unterrichtszeit, bearbeiten mußte. Entwürfe konnten wir zu Hause bzw. in unseren Untermieterzimmern machen, aber für die Realisierung brauchten wir natürlich den Werkraum, den wir in unserer Freizeit benutzen durften; also Samstag nachmittag, Sonntags und abends nach »Feierabend«.

Und so wurde eines Tages wieder einmal ein Thema für solch einen Wettbewerb der Schüler aller Semester gegeben. Ich weiß gar nicht mehr, welche Aufgabe es war, aber der Abgabetermin schien uns allen so früh zu liegen, daß wir nicht recht wußten, wie wir mit der erforderlichen Arbeit fertig werden sollten.

Es gab ein allgemeines Murren und Einwände, und schließlich ging unser Lehrer verärgert weg, um kurz darauf mit dem Direktor und dem Lehrer des Parallel-Werkraums zurückzukommen. Letzterer war recht forsch und gelegentlich auch jähzornig. Der Direktor fragte, was denn los sei. Und wie das in solchen Situationen oft so geht – Ärger lag in der Luft, und niemand sagte etwas.

Da meldete ich mich zu Wort und sagte möglichst freundlich, daß wir natürlich alle daran interessiert seien, das für den Wettbewerb gegebene Thema sorgfältig und gut zu bearbeiten und die erforderliche Bildhauerarbeit qualitätvoll auszuführen; daß uns dazu aber die vorgegebene Zeitspanne als zu kurz erscheine.

Da brüllte der Lehrer des anderen Werkraums mich mit hochrotem Kopf derart an, daß ich mich heute gar nicht erinnern kann, was er außer »Unverschämtheit« noch geschrien hat.

Aber ich hatte meinen guten Tag, wandte mich dem ja ebenfalls vor mir stehenden Direktor zu und sagte ganz ruhig zu ihm: »Sachliche Argumentation ist dann natürlich kaum möglich, wenn ein Lehrer einen Studierenden anbrüllt, um ihn einzuschüchtern.«

Der »schäumende« Lehrer stand wie geohrfeigt schweigend da, während der Direktor ganz ruhig blieb und über eine Fristverlängerung nachdachte.

Was war geschehen? Ohne es zu kennen, hatte ich mich dem Strategem Nr. 23 entsprechend benommen: »Sich mit dem fernen Feind verbünden, um den nahen Feind anzugreifen.«

Das Messer

Um nur die halbe Miete bezahlen zu müssen, wohnte ich mit einem anderen der zukünftigen Bildhauer zusammen, dem es wie mir ging – er hatte wenig Geld. Er war ein kräftiger, sportlicher Typ und boxte immerhin so gut, daß er Meister seiner Gewichtsklasse im Kreis Garmisch-Partenkirchen war.

Wir mußten beide nicht nur an der Miete für das kleine Zimmer sparen, das wir zu zweit bewohnten. Unsere Mahlzeiten bestanden aus Brot mit Margarine, manchmal mit billigem Schmelzkäse. Dazu tranken wir Leitungswasser.

Einmal geschah es, daß ich schon drei Tage vor dem Monatsende mein Geld aufgebraucht hatte, während mein Vater vergaß, mir das Geld für den nächsten Monat zu schicken, so daß ich schließlich zehn Tage ohne Geld dasaß – und ohne Brot.

Aber ein Unglück kommt selten allein: Mein Zimmerkollege hatte just zur gleichen Zeit auch kein Geld, so daß wir einander nicht helfen konnten. Und sonst gab es niemanden, an den wir uns hätten wenden können. Also tranken wir viel und schonten unsere Kräfte, indem wir uns mittags hinlegten und auch sonst Anstrengungen vermieden.

Mit blöden Bemerkungen kommentierten wir unsere mißliche Lage, etwa: »Wir müssen viel trinken, damit die Magenwände nicht zusammenkleben«, oder: »Wo können wir aus den Dielenritzen heruntergefallene Brotkrümel herauskratzen?«

Eines Abends kam er spät nach Hause und hatte offensichtlich eins über den Durst getrunken, was natürlich überraschend war, hatte er doch nicht einmal das Geld für ein bißchen Brot, ganz abgesehen davon, daß Trunkenheit den ungeschriebenen Regeln unseres Zusammenlebens nicht entsprach. Und so rutschte mir ganz spontan die Bemerkung heraus: »Welcher Idiot bezahlt dir das ganze Bier, statt dir etwas zu essen zu kaufen?!«

Zu meiner Überraschung verwandelte sich mein gemütlicher Mitbewohner blitzschnell in den angriffsbereiten Boxer, sah mich mit blutunterlaufenen Augen wütend an, zog sein Stilett aus der Lederhose und nahm eine nichts Gutes verheißende Angriffsstellung ein.

Aber ich hatte wieder einen guten Tag, denn ohne zu überlegen sagte ich zu ihm: »Mensch, an dem Messer ist ja noch Mettwurst dran. Die muß ich aber erst mal mit dem Finger abstreifen!« Trat auf ihn zu, nahm ihm das Messer aus der Hand, was er verwundert geschehen ließ, und machte mit dem Finger eine Geste wie das Abstreifen von Mettwurstresten.

Ohne es zu kennen, hatte ich spontan Nr. 7 der Strategeme der alten Chinesen angewandt, das ganz einfach lautet: »Aus dem Nichts etwas erzeugen.«

Später stellte sich dann heraus, daß es seine angebetete Herzallerliebste war, die ihm das Bier spendiert hatte und die ich »Idiot« genannt hatte. Nach mehrtägigem Hungern mag ja auch verhältnismäßig wenig Bier genügt haben, um eine so verheerende Wirkung zu entfalten.

Heute weiß ich, daß ich damals, ohne das zu kennen, eine Schnellhypnose induziert habe und daß mein wütender Zimmerkollege deshalb so plötzlich wie versteinert dagestanden hatte und sich willenlos sein Messer hatte abnehmen lassen. Freunde sind wir trotzdem geblieben.

In der Schule hatte man uns einmal eine Anekdote über den preußischen König, Friederich den Großen, erzählt, der einst, allein und fern von seinem Stab zu Pferde unterwegs, plötzlich einen österreichischen Panduren mit auf ihn gerichteter Muskete vor sich sah.

Die Situation war brenzlig, sein Leben in unmittelbarer Gefahr. Aber der König rief dem Panduren geistesgegenwärtig zu: »Er hat ja gar kein Pulver auf der Pfanne!«

Und während der Pandur verdutzt seinen Blick auf die Pulverpfanne richtete, um nachzusehen, ob das stimme, gab Friedrich der Große seinem Pferd die Sporen und verschwand seitwärts ins Gebüsch.

»Toll«, dachte ich damals, »ja, Friedrich der Große! – Ich könnte das nie!«

Aber wie das Schicksal so spielt, kann es auch uns passieren, daß wir so etwas zuwege bringen!

Kniffelige Situation – einfache Lösung

Irgendwann hatte ich dann allerdings erkennen müssen, daß ich mit Holzbildhauerei meinen Lebensunterhalt kaum würde verdienen können, und so hatte ich mich entschlossen, etwas ganz und gar anderes anzufangen, nämlich eine kaufmännische Lehre.

Aber wo ich mich auch bewarb, inzwischen 22 Jahre alt, wenn ein Personalchef las, acht Semester Bildhauerei, dann war das »Nein« schon sicher. Schließlich wurde ich doch von einer kleinen Teigwarenfabrik mit Dampf-bäckerei, Lebensmittelgroßhandel und Ladengeschäft in Niederbayern angenommen.

Ich hatte mir vorgenommen, alle Arbeiten zuverlässig und gut zu erledigen, unabhängig davon, worum es sich handeln sollte. Und so hatte ich bald ein wirklich gutes Verhältnis zu meinem Chef.

Er hatte mich einmal in der Mittagspause einen Kriminalroman lesen sehen.

Und als dann in einem Lagerraum versteckt Lebens-mittel aus dem Ladengeschäft entdeckt wurden, meinte er lakonisch, wenn ich so eifrig Krimis läse, dann sollte ich doch mal sehen, wie man herausbekommen könne, wer die offensichtlich gestohlenen Lebensmittel dort ver-steckt habe.

Da war ich nun gleich von zwei Seiten in die Zange genommen, denn einerseits war mein Ehrgeiz geweckt, und andererseits wollte ich ja auch alle gestellten Aufga-ben zuverlässig lösen.

Also ließ ich mir den »Tatort« zeigen. Die Lebensmittel waren in der Schublade eines im Lager abgestellten Tisches gefunden worden. Was tun?

Nun hatte ich mich früher eine Zeitlang damit beschäftigt, Holzschnitte nicht nur anzufertigen, sondern auch selber zu drucken. Das ging natürlich nicht, ohne von der Druckerschwärze schmutzige Finger zu bekommen. Und die Druckerschwärze hält nicht nur auf dem Papier! Zwar wusch ich mir nach dem Drucken immer sorgfältig die Hände, die von Weitem dann auch sauber aussahen. Aber bei näherem Hinsehen waren noch tagelang in den Poren der Haut bräunlich die Reste der Druckerschwärze zu sehen.

Weil die besagte Schublade keinen Knopf zum Aufziehen hatte, sondern man darunter greifen mußte, wie wir es heute von Küchenschubladen kennen, kam mir eine Idee. Ich besorgte mir von einer Druckerei etwas Druckerschwärze. Und die spachtelte ich von unten auf die Schubladenkante, so daß man von vorn gesehen nichts erkennen konnte. Dann ließ ich dem Geschehen seinen Lauf.

Am nächsten Morgen konnte man in dem Lagerraum deutlich erkennen, daß versucht worden war, die beiseite geschafften Lebensmittel aus der Schublade zu holen. Natürlich hatte der oder die Betreffende mit den Fingern von unten die Schublade aufgezogen und dabei in die matschige Druckerschwärze gegriffen. Das sah man an den schwarzen Fingerspuren auf gelagerten Kartons, wo die Hand abgewischt worden war.

Nun hatte ich feine Fingerabdrücke, aber wer hätte sie mit welchen vergleichen sollen? Viel einfacher war es für den Chef, die Hände seiner Mitarbeiter zu inspizieren – bei seinen Verkäuferinnen fing er an. Und richtig, eine hatte ganz durchgescheuerte Fingerspitzen, angeblich von der großen Wäsche.

Aber in den Poren der Haut der Fingerspitzen waren die typischen braunen Reste der Druckerschwärze zu erkennen. – Ich hatte Strategem Nr. 22 angewendet: »Die Türe schließen und den Dieb fangen.«

Fische fängt man mit Netzen.
Und Kinder?

Inzwischen hatte ich den Führerschein und fuhr gelegentlich für meinen Lehrherrn das Auto der Firma. Ich war sogar zu einer Art persönlichem Chauffeur des Chefs avanciert.

Eines Tages wollte er mit Frau und Töchterchen zu Weihnachsteinkäufen nach München, und ich sollte fahren. Ich saß schon im Auto, die Eltern warteten daneben, nur das kleine Mädchen, eine Erstkläßlerin, hampelte um das Auto herum und wollte weder einsteigen noch sich fangen lassen.

Ihr Vater wurde schon ärgerlich, da rief ich ihr schnell zu: »Du kannst dich hinsetzen, wo du willst, aber laß dir nur nicht einfallen, dich hier an das Fenster zu setzen!« Und dabei zeigte ich auf den Platz direkt hinter mir.

Ich weiß nicht, wie ich darauf gekommen war; aber kaum hatte ich ausgesprochen, da schlüpfte sie durch die offene Tür des Wagens und schlängelte sich wieselflink auf den »verbotenen« Platz. Weder sie noch ich kannte damals das Strategem Nr. 16: »Will man etwas fangen, muß man es zunächst loslassen.«

Die Eltern waren so überrascht wie ich, stiegen ein, und wir fuhren los.

Wie ich mal aus einer Chance zwei machte

Ach, übrigens, meine erste Arbeitsstelle war nicht das Richtige für mich, und so suchte ich verzweifelt etwas anderes – auch damals keine leichte Sache.

Endlich hatte ich eine Einladung zur Vorstellung in Stuttgart – ob das etwas wird?

Einem Kollegen im Büro hatte ich naiv und gedankenlos erzählt daß ich anderthalb Tage Urlaub genommen hätte, um mich einer neuen Stelle wegen vorzustellen. Und am Montag morgen, an dem ich dann mittags abreisen wollte, zeigte er mir eine ganz andere Stellenanzeige von einem bekannten Unternehmen und meinte, ich könne doch meine Reise nach Stuttgart einfach unterbrechen und mich dann, wenn auch uneingeladen, vorstellen – man kann ja nie wissen ...

Also fuhr ich mittags mit der Zeitung in der Tasche los und stieg kurz darauf schon auf dem Bahnhof des kleinen Städtchens aus.

Eine Straßenbahn brachte mich zur Firma und der Pförtner zum Personalchef, der mich etwas konsterniert fragte, ob ich denn eingeladen sei; denn die Stellenanzeige war ja erst am Wochenende veröffentlicht worden, und heute war Montag!

»Nein«, antwortete ich munter, aber weil ich auf einer Reise gerade hier vorbeikäme und einerseits an den beschriebenen Aufgaben sehr interessiert sei; andererseits aber befürchtete, daß man aus Kostengründen zunächst Bewerber aus der näheren Umgebung bevorzugt zur Vorstellung einladen würde und ich dann vielleicht gar keine Gelegenheit mehr bekäme, mich vorzustellen, hätte ich mir gedacht, das Verfahren einmal umzudrehen und erst mein Gesicht zu zeigen. Dann könne man ja immer noch entscheiden, ob ich anschließend meine schriftlichen Bewerbungsunterlagen nachreichen solle oder nicht.

Der Personalchef schien über meine »Eigenmächtigkeit« einigermaßen indigniert, aber gleichzeitig schien ihm auch der Mut zu fehlen, mir einfach die Tür zu weisen; denn ich hätte ja von außerhalb den Werbeleiter direkt anrufen können. Und der hätte es sich sicher energisch verbeten, daß ein Bewerber und möglicherweise zukünftiger Mitarbeiter aus formalen Gründen einfach abgewimmelt wird.

Und so meldete er mich also nolens volens beim Werbeleiter an. Der war Berliner, wie ich, und mein unkonventionelles Vorgehen schien ihm zu gefallen.

Als ich auf die Notwendigkeit hinwies, einen bestimmten Zug für die Weiterreise zu erreichen, meinte er ganz locker, gleich sei ohnehin Dienstschluß, und sein Stellvertreter könne mich in seinem Auto bis zum Bahnhof mitnehmen.

Kurz und gut: Ich bekam diese Stelle und aus Stuttgart eine Absage.

Erst beinahe 50 Jahre später erfuhr ich von der jahrhundertelang geheimgehaltenen »Liste der 36 Strateme« aus dem alten China, und daß ich hier entsprechend dem Strategem Nr. 12 »Mit leichter Hand das Schaf wegführen« vorgegangen war.

Deutsch würde man vielleicht sagen: »Man muß die Feste feiern, wie sie fallen«, also sich bietende Gelegenheiten nutzen. Man könnte jetzt süffisant und mit hochgezogenen Brauen einwerfen: »Das macht doch jeder, eine sich bietende Gelegenheit nutzen! Was soll da das Gerede von ›Stratagem‹ oder gar ›altchinesischer Weisheit‹?«

Aber so selbstverständlich ist das gar nicht. Gelegenheiten bieten sich ja nicht an, sondern liegen oft versteckt im Unterholz der Alltagswahrnehmungen. Und selbst wenn eine Situation als Gelegenheit erkannt wird, wird sie sehr oft nicht genutzt, weil man sie falsch bewertet.

Nicht umsonst mahnt eine koreanische Redensart: »Eine Chance ist wie ein Vogel; greift man nicht sofort zu, fliegt er davon – und kommt nie wieder zurück.«

In meinem Fall mit der Vorstellung ohne Einladung muß ich zugeben: Sogar wenn ich selbst die Stellenanzeige in der Zeitung entdeckt hätte, ich wäre nie auf die Idee gekommen, uneingeladen zu einer Vorstellung zu fahren. Also so selbstverständlich ist weder das Erkennen von Gelegenheiten, noch daß man sie flugs beim Schopf packt!

Indem ich bei der Vorstellung zum Ausdruck gebracht hatte, daß der Firma die sonst übliche Erstattung der Reisekosten des Bewerbers erspart bleibe, hatte ich außerdem entsprechend dem Stratagem Nr. 17 gehandelt: »Einen Backstein hinwerfen, um einen Jadestein zu erlangen«, d. h. die ersparte Reisekostenerstattung war der Backstein und die feste Anstellung bei der Firma war der Jadestein.

Somit verhielt ich mich in diesem Fall gemäß dem

Strategem Nr. 35, das die Verkettung von Strategemen (in meinem Fall Nr. 12 und Nr. 17) empfiehlt, weil wie bei dieser Bewerbung das Ziel mit nur einem Strategem vielleicht nicht hätte erreicht werden können.

Weiß man nichts,
soll man auch nichts sagen

Die Fachzeitschrift hatte ich in den übervollen Papierkorb nur so hineinstopfen können, daß noch die Hälfte oben herausschaute. Meine Frau war es, die mich auf die Anzeige »Werbeleiter für Japan gesucht« aufmerksam machte. »Du interessierst dich doch so für Japan«, hatte sie gesagt.

Nun, wie eine geladene Pistole hatte ich immer meine Bewerbungsunterlagen in einer Mappe versandbereit liegen. Ein kurzer Brief – »…die von Ihnen genannte Aufgabe interessiert mich …« – genügte. Es war ein Weltunternehmen. ›Die nehmen mich ja sowieso nicht‹, war mein erster Gedanke. Aber losschicken konnte ich die Unterlagen ja ruhig mal …

Es folgte die Bitte, eine Tropentauglichkeitsuntersuchung vornehmen zu lassen, eine Einladung zur Vorstellung und ein Gespräch über die Gehaltsvorstellungen. Aber was hätte ich verlangen sollen?

Ich wußte nur, daß ich keine Ahnung hatte, was ich in Japan brauchen würde und was angemessen wäre. Also sagte ich wahrheitsgemäß, daß ich keine Ahnung hätte, was für einen Betrag ich nennen sollte, aber daß ich doch davon ausgehen würde, daß man den gesuchten Werbeleiter nicht in Japan würde verhungern lassen wollen.

Was man mir während der sechsmonatigen Ausbildungs- und Einarbeitungszeit in Deutschland bezahlen würde, sei mir gleichgültig, denn es gehe ja schließlich um das Leben in Japan. Aber um einen Anhaltspunkt zu geben, sagte ich dann noch, wenn ich in der Firma in Deutschland würde arbeiten wollen, dann würde ich soundso viel verlangen.

Nun, in Deutschland bezahlte man mir dann etwas weniger, was mir völlig gleichgültig war. Aber für Japan nannte man mir eine Summe, die für mich absolut unvorstellbar gewesen wäre und die es mir geraten erscheinen ließ, ein möglichst gefaßtes Gesicht zu zeigen, um meine Überraschung zu verbergen; denn man konnte nie wissen …

Die Einarbeitung bestand nicht nur aus Schulung, dem Besuch von verschiedenen Abteilungen in Verwaltung und Produktion, sondern auch im Besuch einer Vertretung im Ausland und der Begleitung von Außendienstlern bei ihren Besuchen der Kunden.

Der Zeitpunkt meiner Abreise nach Japan war schon nahe herangerückt, als ich zu einem Gespräch in die Direktionsabteilung beordert wurde.

Dort sagte mir ein freundlicher Herr in dürren Worten, daß man die Unterlagen mit meiner Gehaltszusage zur Kenntnisnahme erhalten und überprüft habe. Und man habe der mich entsendenden Abteilung den Vorwurf gemacht, daß es doch wohl nicht in Ordnung sei, mich in Japan quasi hungern zu lassen, und darum angeordnet, mein Gehalt um eine hübsche Summe aufzustocken.

Wieder bemühte ich mich, meine Gesichtszüge zu beherrschen, bedankte mich und ging.

Mit meiner Vermeidung, einen Gehaltswunsch zu nennen, hatte ich, ohne es zu wissen, entsprechend dem altchinesischen Stratagem Nr. 34 gehandelt: »Das Strategem des leidenden Fleisches.« Im Deutschen würde man vielleicht sagen, »sich selbst klein machen«. Und das ist ganz richtig gewesen.

Die Verteidigung der Berufsehre

Weil wir ja nun ohnehin in Japan leben würden, hatten wir unsere Wohnung schon aufgegeben, Hausrat verkauft oder verschenkt oder für den Transport nach Japan einlagern lassen. Meine Frau war mit den beiden Kindern zu ihrer Mutter gezogen. Das war für mich näher und erlaubte mir, jedes Wochenende zu meiner Familie zu fahren. So kam es, daß meine Schwiegermutter die Gelegenheit für eine kleine Reise nutzte.

Ich war gerade zu meiner Familie gekommen, als die Rückkehr meiner Schwiegermutter heranrückte. Ich sollte sie mit meinem Ältesten am Bahnhof in Empfang nehmen. Aber der Vierjährige setzte seinen Trotzkopf auf, und obwohl meine Frau ihn schon mit strengerer Stimme aufforderte, sich anzuziehen, weigerte er sich vehement, die Oma vom Bahnhof abzuholen.

Schließlich sah meine Frau mich ganz vorwurfsvoll an und schmollte: »Nun sag *du* doch was, schließlich bist *du* doch Werbefachmann!«

Tja, was macht man da? Aber dann fiel mir doch noch rechtzeitig etwas ein, und ich fragte meinen Sohn: »Was willst du? Willst du lieber die Oma vom Bahnhof abholen, oder möchtest du lieber eine große dicke Lokomotive sehen?«

Natürlich wollte er die Oma immer noch nicht vom Bahnhof abholen. Viel lieber wollte er die große dicke Lokomotive sehen.

Aber die große dicke Lokomotive war natürlich am Bahnhof. Und da kam dann auch plötzlich die Oma von irgendwoher, und alles löste sich in Wohlgefallen auf.

Ohne es zu kennen, war ich hier dem altchinesischen Strategem Nr. 1 entsprechend vorgegangen: »Den Himmel (Kaiser) täuschend das Meer überqueren.« Das bezieht sich auf einen Kriegszug des Tang-Kaisers Tai Zong, bei dem die Überquerung des Meeres erforderlich war, der Kaiser aber aus Furcht vor Untergang und Seekrankheit kein Schiff betreten wollte. Seine Heerführer ließen zur Täuschung des Kaisers eine schwimmende, künstliche Insel errichten, in deren Pavillon der Kaiser, ohne etwas zu bemerken, in aller Ruhe weilte, während die Insel über das Meer geschleppt wurde.

Auf Deutsch würde man vielleicht sagen, man müsse sehen, wie man die Kuh vom Eis bekomme. Und damit ist auch gemeint, daß jedes Mittel recht ist, die Kuh heil vom Eis zu locken oder zu treiben – Hauptsache, es klappt!

Lohnsteuerausgleich zu Frühlingsanfang?

Bevor ich von meiner neuen Firma nach Japan geschickt wurde, um dort zu arbeiten (und zu leben), mußte ich im Stammhaus sechs Monate die verschiedenen Abteilungen kennenlernen und eine Produktausbildung hinter mich bringen. Anfang April sollte ich nach Japan abfliegen.

Das bedeutete unter anderem, daß die Gehälter der ersten drei Monate des Jahres auf das ganze Jahr angerechnet werden mußten, so daß ich praktisch die ganzen einbehaltenen Steuerbeträge vom Finanzamt erstattet bekommen müßte.

Aber einerseits brauchte ich das Geld zur Gründung eines neuen Haushalts in Japan sofort; und zum anderen konnte ich mir nicht vorstellen, wie ich den Lohnsteuerausgleich von Japan aus einreichen und abwickeln sollte.

Also nahm ich mir ein paar Stunden frei, fuhr zum Finanzamt, suchte den für mich zuständigen Herrn auf und erklärte ihm mein Anliegen.

Der erklärte mir zwar, daß man eigentlich natürlich erst am Jahresende die Einkünfte abrechnen und eine Steuerrückzahlung beantragen könne. Aber er zeigte Verständnis für meine besondere Situation. »In der Auslandsabteilung sind Sie«, meinte er, »da gibt es sicher aus der ganzen Welt interessante Briefmarken«, und sagte dann, ich solle zur gegebenen Zeit einfach zu ihm kommen, er würde den Lohnsteuerausgleichsantrag durchgehen, und ich könne die zu erstattende Summe auch gleich bei der Kasse des Finanzamts mitnehmen.

Zufrieden fuhr ich zurück. Und natürlich fing ich an, für diesen freundlichen Herrn Briefmarken zu sammeln, die in der Auslandsabteilung wirklich reichlich anfielen.

Die Monate vergingen, und es nahte der Termin meiner Abreise. Also füllte ich meinen Antrag auf Lohnsteuerausgleich Ende März aus und fuhr den nun bekannten Weg zum Finanzamt. Die Unterlagen hatte ich in einen Aktendeckel gelegt und die gesammelten Briefmarken obenauf.

Doch wer beschreibt mein Erstaunen, als der vorher so freundliche Finanzbeamte mich nicht wiederzuerkennen schien und ziemlich unwirsch anfuhr, daß es so nicht gehe und mein Antrag gefälligst zum Jahresende einzureichen sei.

Ich hatte den Aktendeckel mit meinen Unterlagen (und den Briefmarken) unwillkürlich vor ihm auf den Schreibtisch gelegt. Und während er so ablehnend auf mich einsprach, schlug er ebenso unwillkürlich den Aktendeckel auf – und da lagen sie nun, die Formulare und Belege, aber auch die Briefmarken.

In dem Augenblick wurde hörbar die Türklinke heruntergedrückt, und ein anderer Finanzbeamter betrat das Zimmer. Und – zack! – schlug mein Sachbearbeiter den Aktendeckel zu!

Und in diesem Moment wurde mir klar, daß für ihn damit eine Falle zugeschnappt war. Ja, richtig, er beantwortete eine Frage des Kollegen. Als dieser das Zimmer wieder verlassen hatte, schaute sich der Finanzbeamte interessiert die Briefmarken an und dann wohlwollend und ganz verwandelt meinen Antrag.

Überflüssig zu erzählen, daß ich nach zehn Minuten meine Zahlungsanweisung für die Finanzamtskasse hatte und anschließend mein Geld in bar.

Manche »Strategeme« laufen gelegentlich sozusagen von selbst ab. Denn ohne daß ich es beabsichtigt hätte, war das Strategem der »schönen Frau«, Nr. 31, bzw. das »Lockvogel- oder Korrumpierungs-Strategem« angesprungen.

Nach der Rückkehr

Die Zeit in Japan war interessant und für mich sehr bedeutungsvoll. Bei meiner Arbeit hatte ich natürlich mit Druckereien zu tun, die in pharmazeutischen Texten für Ärzte japanische Schrift oft mit Worten in unseren lateinischen Buchstaben mischen mußten, was des ganz unterschiedlichen Charakters der beiden Schriften wegen nicht immer harmonisch gelang.

Das war der Grund, warum ich die Druckvorlage für eine Medikamentenpackung an die Werbeabteilung in Deutschland schickte und bat, dort die Worte in Lateinschrift passenden Charakters einzufügen.

Ein koreanisches Sprichwort sagt, daß jemand, der noch nie in der Hauptstadt gewesen sei, mehr darüber berichten könne als jemand, der dort lebe. Wie um dies zu bestätigen, schickte mir der Leiter der Werbeabteilung aus Deutschland meine Druckvorlage für die Medikamentenpackung unbearbeitet zurück, mit dem Bemerken, daß Japan ein hochentwickeltes Land sei und über hervorragende Druckereien und Graphiker verfüge, so daß die von mir für erforderlich gehaltene Überarbeitung dort bestens erledigt werden könne.

Ja, so geht das manchmal. Die Entsendung von Mitarbeitern in Auslandsvertretungen führt leicht zu Fehleinschätzungen. So meint die entsendende Abteilung in der deutschen Zentrale oft, dem von ihr Entsandten Aufträge erteilen zu können, während der Geschäftsführer in der Landesvertretung sagt: »Sie werden von mir bezahlt, folglich bestimme ich, was Sie hier arbeiten.«

Als die Werbeabteilung der Zentrale mich »beauftragte«, eine arbeitsaufwendige Untersuchung durchzuführen und zu dokumentieren, konnte ich das natürlich nur nebenbei machen, wann immer meine aktuelle Arbeit für die lokale Vertretung das zuließ.

Nachdem ich später aus Japan zurückgekehrt war, gab es eine große Sitzung mit den Herren der Verkaufsabteilung und der Werbeabteilung. Und ausgerechnet da hielt es der Werbeleiter für angemessen, mir coram publico Vorwürfe über die von ihm an mich in Japan gestellten Sonderaufgaben zu machen.

Ich hatte wieder mal meinen guten Tag und sagte ganz ruhig an die erlauchte Runde gewandt, ich glaubte nicht, daß derlei Detailbeschwerden hier vor den an Wichtigerem interessierten Herren behandelt werden sollten. »Aber«, sagte ich, auf die Papiere unter meiner Arbeitsmappe weisend, »ich habe hier die Unterlagen zu den Fehlern, die ich der Werbeabteilung vorzuwerfen hätte – sicher angemessener für ein Zweiergespräch.«

Damit war die »öffentliche Anklage« vom Tisch. Ich hatte das Strategem Nr. 11 benutzt, ohne es zu kennen: »Den Pflaumenbaum anstelle des Pfirsichbaums verdorren lassen.« Auf Deutsch könnte man von »ablenken« sprechen und in diesem besonderen Fall auch von »den Spieß umdrehen«, aber das chinesische Strategem greift doch weiter.

Wie eine Lösung erreicht wurde

Nach meiner Rückkehr aus Japan war ich in einer Firma in Norddeutschland, in der ich einerseits unterfordert war, andererseits unter dem sprunghaften Eigentümer zu leiden hatte. Ich wollte weg. Aber es war eine wirtschaftliche Flaute. Die Firmen stellten kaum mal einen neuen Mitarbeiter ein.

Ein Vorstandsmitglied der Firma in Japan hatte mir beim Abschied empfohlen, mich bei Bedarf bei seinem Bruder, dem Besitzer einer Werbeagentur, auf ihn zu berufen. Das tat ich, aber der brauchte niemanden; er empfahl mir aber, mich an den Direktor der Werbeabteilung seines Hauptkunden, einer Weltfirma, zu wenden.

Als ich den anrief, meinte er, ich solle meine Bewerbungsunterlagen nicht an ihn, sondern, ohne ihn zu erwähnen, einfach an das Personalbüro schicken – die würden dann ohnehin automatisch auf seinem Schreibtisch landen. Ich wunderte mich zwar darüber, verfuhr aber entsprechend und wurde tatsächlich nach einiger Zeit zur Vorstellung eingeladen und fuhr hin.

Ein Tag mit Gesprächen folgte. Werdegang, Agenturerfahrung, Auslandserfahrung, Gehaltswunsch, Eintrittstermin, alles wurde besprochen. Über alles herrschte Einvernehmen. Eine Auslandsabteilung sollte aufgebaut werden, und dafür war ich vom Werdegang her und mit meiner Erfahrung aus Japan gerade richtig.

Und dann sagte der Direktor: »Jetzt haben wir nur ein Problem, wir haben Einstellungsstopp.« – »?« – Ich war wie vor den Kopf geschlagen und wußte nicht, was ich denken sollte. Da fügte er hinzu: »Ich muß Sie jetzt dem für das Ressort Verkauf zuständigen Vorstandsmitglied vorstellen. Wenn er nickt, dann sind Sie trotz allem eingestellt.«

Das für den Verkauf zuständige Vorstandsmitglied einer Weltfirma ist natürlich ein mächtiger Mann. Als der Direktor der Werbeabteilung mit mir vor dessen Schreibtisch saß, hatte er irgendwelche Papiere über mich in der Hand und meinte kritisch, ich sei nach nur zwei Jahren bei dem Unternehmen ausgeschieden, das mich nach Japan geschickt hatte – von einer solchen Firma gehe man doch nicht nach so kurzer Zeit weg. Eine recht kritische Anmerkung oder gar ein Vorwurf?

Aber ich antwortete ganz ruhig, wenn ich zu der Art Menschen gehören würde, die unter den für mich dort herrschenden Verhältnissen geblieben wären, dann würde ich ihm empfehlen, mich nicht einzustellen.

Da kräuselte ein wissendes Lächeln seine Lippen, und er legte mit einer abschließenden Handbewegung die mich betreffenden Papiere seitwärts auf seinen Schreibtisch. Die Audienz war beendet, und ich war eingestellt.

Hatte der Direktor der Werbeabteilung das Strategem Nr. 5 angewandt, »Eine Feuersbrunst für einen Raub ausnützen«? Wie ich erst später erfuhr, war das Vorstandsmitglied für Verkauf nämlich intensiv mit dem Ausbau der Verkaufsorganisation für das Ausland beschäftigt. Und die Werbeabteilung sollte und wollte eine Gruppe für die Auslandswerbung aufbauen. Gleichzeitig hatte jedoch die wirtschaftliche Situation zu einem Einstellungsstopp geführt.

Das war die »Feuersbrunst«, deren »Ausnützung« durch

den Direktor der Werbeabteilung mir zu einer lohnenden Stellung verholfen hatte; aber eben auch der Firma zu einem brauchbaren Mitarbeiter.

Das ist übrigens wieder ein Beispiel dafür, daß die »Strategeme« durchaus zum Nutzen aller Beteiligten angewendet werden können und nicht nur, wie die Formulierung »Eine Feuersbrunst für einen Raub ausnützen« eigentlich denken läßt, zum Nutzen der einen Seite auf Kosten der anderen.

Vielleicht wäre es aber auch richtiger zu sagen, der Direktor sei entsprechend dem Strategem Nr. 9 vorgegangen: »(Scheinbar unbeteiligt) die Feuersbrunst am gegenüberliegenden Ufer beobachten«, denn er hatte einerseits die sicher etwas prekäre Situation des Unternehmens, die zur Einstellungssperre geführt hatte, gekannt und mich darum meine Bewerbung einfach neutral an die Personalabteilung schicken lassen. Andererseits wußte er natürlich auch von dem Bestreben des für den Verkauf zuständigen Vorstandsmitglieds, den Verkauf im Ausland zu stärken und damit natürlich auch die Werbung.

So konnte er das Dilemma von Bestrebungen zur Stärkung der Verkaufs- und Werbeorganisation einerseits und der verhängten Einstellungssperre andererseits »scheinbar unbeteiligt beobachten«.

Viele Köche verderben den Brei

Meine erste Aufgabe in der neuen Firma sollte es sein, eine Repräsentationsbroschüre für die Vertretung in Korea zu schaffen – unter dem Arbeitstitel: »Was bieten wir in diesem Land?« Da es mein erstes Projekt war, hieß die Broschüre für mich selbst: »Was biete ich in dieser Firma?« Ich beabsichtigte, etwas ganz besonders Gutes zu machen. Ich zog, wie man so sagt, alle Register.

Ein Problem war aber, daß die »hohen Herren« der Zentrale zahlreich waren und gewohnt, kraft ihres »Amtes« und ihrer »Erfahrung« dem Werbefachmann bis in die Details hineinzureden. Ein anderes Problem war aber auch, daß in Korea keine der Zentrale gehorsamspflichtige Vertretung arbeitete, sondern eine große selbständige quasi einem einzigen gehörende Gesellschaft, an der wir nur mit 28 % beteiligt waren.

Nun, ich sammelte Material und ließ daraus einen meinen Vorstellungen entsprechenden, phantasievollen, repräsentativen Entwurf gestalten. Der sollte nun gefallen. Allen. Sowohl den vielen Herren der Unternehmenszentrale hier als auch dem gerade in Deutschland weilenden Besitzer der koreanischen Firma, der weder Englisch noch etwa gar Deutsch verstand. Wie sollte das möglich sein? Was würde wohl von meinem schönen Entwurf übrigbleiben?

Jeder, der in der Werbung arbeitet, weiß, daß auf diesem Gebiet jedermann glaubt, mitreden und urteilen zu können – und auch trotz fehlenden Fachwissens oft in der Position ist, seine persönlichen Meinungen und Vorlieben dem Werbefachmann aufzuzwingen.

Ich wurde also aufgefordert, dem »Gremium« aus unserer Firma und dem zufällig anwesenden Inhaber der koreanischen Firma meinen Entwurf vorzustellen. Der stand mir höflich lächelnd gegenüber, als ich ihm vorgestellt wurde. Doch anstatt nun bloß förmlich meinen Namen zu murmeln, fragte ich ihn direkt, ob er Japanisch verstehe. Sein Gesicht strahlte, als er erfreut bejahte und sich auch gleich erkundigte, wo ich Japanisch gelernt hätte. – Das Eis war gebrochen.

In dem Konferenzraum setzte sich der hohe Herr ganz selbstverständlich neben mich. Ich legte das Muster der Repräsentationsbroschüre vor ihn auf den Konferenztisch, um den auch alle die anderen Herren versammelt saßen, bereit, ihre Kommentare, Urteile und Änderungswünsche auszusprechen.

Aber ich erklärte mit der Chuzpe des geborenen Berliners dem Sadjangnim aus Korea alles auf Japanisch (damals konnte ich das noch), und sobald er sein Einverständnis erkennen ließ, sagte ich zu den Umsitzenden auf Deutsch nur: »Er ist einverstanden damit«, blätterte um und stellte ihm die nächsten beiden Seiten vor.

So ging das die ganze Broschüre hindurch. Er war einverstanden mit der Gestaltung der Seiten, den verwendeten Themen und Abbildungen; und die kritikbereiten, änderungsfreudigen Herren der Zentrale blieben irritiert schweigsam. Sie hatten aus dem Gesichtsausdruck des Koreaners und meinen kurzen Mitteilungen sein Einverständnis erkennen und ihre Einwürfe zurückhalten müssen.

Heute weiß ich, daß ich das Stratagem Nr. 20 angewandt hatte: »Das Wasser trüben, um die ihrer klaren

Sicht beraubten Fische zu fangen.« So konnte ich mein erstes Projekt ohne »Verschlimmbesserungen« realisieren und zeigen, was ich konnte.

Anders ist manchmal das Bessere

In einem Weltunternehmen sind auf dem Werksgelände vor allem Fabrikationsbetriebe und Labors untergebracht. Aber auch die vielen Büros haben nicht in einem einzigen Gebäude Platz, und so mußte man gelegentlich durch das Werk gehen, um zu einem anderen Büro, z. B. der Dolmetscherabteilung, zu kommen. Dabei kommt man zwangsläufig an Produktionsbetrieben und Labors vorbei.

Auf solch einem Dienstgang kam ich einmal an einem Labor vorbei, in dessen Mauer sich ein tellergroßes Loch mit einem Ventilator befand, der die sicher wenig wohlriechende Abluft nach draußen beförderte.

Doch plötzlich kam anstelle von unsichtbarer Abluft Rauch heraus. Ich dachte zuerst an eine Art Experiment, aber der Qualm wurde nicht nur dichter und rabenschwarz, sondern auch mit einem heftigen Druck waagerecht über die Straße gedrückt.

Das war keine Abluft mehr, das war ein Brand! Ich mußte sofort Alarm geben, aber wie? Durch eine andere Tür in das Gebäude zu rennen, um ein Telefon für die Feuerwehr zu finden – das war mir nun doch zu riskant. Wer weiß, vielleicht explodierte da gleich etwas! – Ich blickte die menschenleere Straße entlang und sah in der Ferne das Werkstor mit dem Pförtnerhäuschen.

Kurz entschlossen rollte ich meine Zunge hinter die Zähne und stieß nach Gassenjungenart einen ordinär lauten Pfiff aus. Der Pförtner kam etwas konsterniert aus seinem Häuschen und suchte mit den Blicken den

Störenfried. Als er sein Gesicht mir zuwandte, zeigte ich mit ausgestrecktem Arm auf das gegenüberliegende Gebäude mit seiner Qualmfahne. Blitzschnell drehte sich der Pförtner um und hastete in seine Pförtnerloge.

Ich aber schaute, daß ich schnell wegkam, nicht in panischer Hast, aber auch nicht mit würdigem Schreiten.

Ich hatte dem altchinesischen Stratagem Nr. 3 entsprechend agiert, »Mit dem Messer eines anderen töten«, wenn auch in friedlicher Intention. Die Verhaltensmuster sind Tanzschritten ähnlich Vorgaben, die man selber bei passender Gelegenheit mit Leben erfüllen kann.

Was einem alles passieren kann

Als Werbeberater der Auslandsgesellschaften in Fernost mußte ich natürlich die Länder, die ich betreute, auch besuchen: Stets plante ich eine Tour durch mehrere Länder, die nahe beieinander lagen, um Reisezeit und Reisegeld zu sparen.

Und da geschah es, daß ich gebeten wurde, meine Rückreise im Nahen Osten zu unterbrechen, um dort für einen Kollegen etwas vorzulegen und zu besprechen. So landete ich in dem islamischen Land an einem Freitag, an dem des Feiertags wegen natürlich niemand im Büro war.

Um lebendige Eindrücke von den jeweils besuchten Ländern zu bekommen, ging ich gern in einfache Restaurants und schlenderte mit Vorliebe durch die Seitenstraßen. Also stellte ich erst einmal mein Gepäck im Hotel ab; und seltsam, ganz gegen meine Gewohnheit ließ ich mein Geld bis auf einen Betrag für Abendessen und Taxi in meinem Zimmer.

Mein Gang durch kleine Gassen führte mich in immer dunklere, immer einsamere. Und eh ich mich versah, fand ich mich von einem riesigen jungen Mann von hinten festgehalten, während sein vor mir stehender kleinerer Komplize auf Englisch mein Geld forderte.

Mein erster Gedanke galt Karl Mays Old Shatterhand und seiner berühmten Schmetterfaust, wobei mir einfiel, daß zwar die Romanfigur diesen Faustschlag beherrschte, der jeden Gegner besinnungslos zu Boden streckte, ich aber nicht.

Mein zweiter Gedanke galt meinem teuren Tropenanzug. Würde nur das Jackett zerrissen, wäre der Schaden größer als die Summe Geldes, die ich bei mir hatte.

Und mein dritter Gedanke war eher so etwas wie ein schlechtes Gewissen, daß ich mit meinem Erkundungsgang so weit abseits das Schicksal geradezu herausgefordert hatte. Was jetzt?

Ich stand da in einer dunklen Straße. Ein paar Meter weiter stand ein Taxi, aber von dem war keine Hilfe zu erhoffen.

Nun, ich hatte meinen guten Tag und sagte einfach auf Englisch: »Wenn ihr Geld so dringend braucht, daß ihr dafür kriminell werden müßt, dann braucht ihr es wirklich dringender als ich.« Mit der Rechten griff ich in meine Tasche, in die ich die Geldscheine einfach so eingesteckt hatte, und holte sie alle heraus.

Allerdings pflückte ich einen Schein im Wert von vielleicht zehn Euro mit den Worten heraus: »Den brauche ich für ein Taxi zum Hotel«, und schnippte die restlichen Scheine einfach in die Luft und erreichte damit etwas ganz Unerwartetes.

Sooo dick war die Freundschaft der beiden offensichtlich nicht! Denn der Riese hinter mir ließ mich blitzschnell los, um wie sein Komplize nach den in der Luft flatternden Scheinen zu haschen.

Ich ging zu dem Taxi, wobei ich mich bemühte, selbstsicher-würdevoll zu bleiben, um durch hastige Schritte nicht Aufmerksamkeit und Jagdinstinkt auf mich zu lenken, aber doch möglichst rasch in das Taxi zu kommen. Der Fahrer ließ mich einsteigen, schließlich hatte ich einen ordentlichen Geldschein sichtbar in der Hand.

Ich nannte ihm den Namen meines Hotels, und als er losfuhr, war ich in Sicherheit.

Erst später ist mir eingefallen, daß ich entsprechend dem Strategem Nr. 21 agiert hatte: »Die Zikade entschlüpft ihrer goldglänzenden Hülle (die die Aufmerksamkeit auf sich zieht und so sicheres Entweichen ermöglicht).«

Eine ganz andere Geschichte

Wenn ein Stammhaus für seine Auslandsgesellschaften einen Berater für ein bestimmtes Sachgebiet hat, dann ergeben sich zwei Möglichkeiten. Sind die Auslandsgesellschaften klein und ohne einen Menschen, der sich ganz mit dem speziellen Sachgebiet beschäftigt, dann ist man für Rat und Hilfe dankbar, und Zusammenarbeit ist möglich und wird gefördert. Sind die Auslandsgesellschaften aber groß und haben jemanden, der das spezielle Sachgebiet bearbeitet, dann wird Rat und Hilfe aus der Zentrale als Bevormundung, Einmischung und Kontrolle angesehen, also möglichst abgeblockt.

Ich war inzwischen Berater für Beteiligungsgesellschaften der zweiten Art geworden und hatte nach einigen Jahren recht unbefriedigenden Arbeitens keine Lust mehr, eine solche Tätigkeit auszuüben.

Mit einem sehr klugen und sympathischen Menschen aus unserer großen Abteilung war ich befreundet und zeigte ihm mein neues Bewerbungsfoto zur Beurteilung.

Tags darauf wurde ich zum Direktor unserer Abteilung gebeten. Und der sagte dann ganz freundlich und direkt zu mir, er habe den Eindruck gewonnen, daß meine jetzige Tätigkeit mir nicht so recht gefalle; ich solle doch mal mit Herrn Soundso sprechen, der habe die Aufgabe, eine neue Arbeitsgruppe aufzubauen, und vielleicht würden mich die Aufgaben dort mehr reizen als mein jetziges Arbeitsgebiet. – Das Gespräch fand statt, und die neuen Aufgaben reizten mich tatsächlich mehr, so daß meine Versetzung innerhalb des Unternehmens vorgenommen wurde und ich zu einem interessanten neuen Tätigkeitsfeld kam.

Ohne es zu kennen, war ich hier in das Stratagem Nr. 8 sozusagen hineingeschlittert: »Sichtbar die (verbrannten) Holzstege wieder instand setzen, insgeheim (aber vor beendeter Reparatur heimlich) nach Chencang (zu einem Angriff auf den Gegner) marschieren.« Deutsch würde man allgemein vielleicht einfach von einem Scheinangriff sprechen.

Allerdings hat sich halt alles schön und bequem wie von selbst ergeben. Natürlich hatte ich mein Bewerbungsfoto wirklich zur Beurteilung gezeigt und nicht aus irgendwelchen anderen Gründen. Aber man könnte es auch so sehen, daß ich nach dem Stratagem Nr. 24 vorgegangen wäre: »Einen Weg (durch den Staat Yu) für einen Angriff gegen (dessen Nachbarstaat) Guo ausleihen (um nach der Besetzung von Guo auch Yu zu erobern).« Man kann den Ablauf des Verhaltensmusters nachträglich darin erkennen. Auch ungeplantes oder unbewußtes Verhalten ist eben Verhalten und kann dann entsprechende Folgen ergeben.

Auch in diesem Beispiel wird deutlich, daß dieStrategeme keineswegs zwingend »kriegerisch« mit einem Gewinner und einem sozusagen genasführten »Verlierer« zu sehen sind, sondern durchaus Nutzen für beide Seiten ergeben können.

Wie ich einer Verlockung entging

Große Firmen haben oft Tochtergesellschaften, und die gehören zwar dazu, aber eben doch nicht so wie die Ressorts und Abteilungen des Stammhauses. Das kann aber gelegentlich ganz unkonventionell überbrückt werden.

So wurde mir eines Tages mitgeteilt, daß in einer Tochtergesellschaft ein Werbeleiter gebraucht würde, dort aber keine Planstelle, also kein Gehaltsbudget dafür existiere. Unsere Zentralabteilung war aber ohnehin an einer engeren Zusammenarbeit und besserem Informationsaustausch interessiert, und darum hatte unser Direktor der Tochtergesellschaft angeboten, einen Werbeleiter zur Verfügung zu stellen und die Kosten des Gehalts zu übernehmen. Das kann man wohl ein ebenso unkonventionelles wie verlockendes Angebot nennen.

Und nun wurde mir die Ehre zuteil, daß ich auch aufgrund besonderer für diese Aufgabe nützlicher Erfahrungen gefragt wurde, ob ich mich für diese Aufgabe interessieren könne. Ich solle mich von dem dort zuständigen Herrn über die genaueren Einzelheiten informieren lassen.

Das schien mir eine verlockende Möglichkeit zu sein, und so traf ich mich mit dem Herrn der Tochtergesellschaft. Der schilderte mir die Situation, daß für neue Produktgruppen neue Märkte erschlossen werden müßten. Der gesuchte Werbeleiter sei allerdings zunächst ein »Einzelkämpfer« ohne Mitarbeiter, könne also nicht leiten und delegieren, sondern müsse selbst die Ärmel hochkrempeln und alles selber machen, bis sich die Möglichkeit zur Einstellung geeigneter Mitarbeiter ergäbe.

Das war die typische Aufbausituation mit besten Aussichten für die Zukunft. Ich wurde gebraucht, ich wurde erwartet, das Stammhaus zahlte mein Gehalt. Nicht ich war der Bittsteller um ein Aufgabengebiet, sondern die Tochtergesellschaft suchte händeringend einen Fachmann.

Im Grunde wundere ich mich heute noch, wie ich unter diesen Umständen auf die Idee kam, den Herrn zu fragen: »Sehe ich das richtig, daß ich zunächst alles allein machen muß und später erst Mitarbeiter bekommen kann und dann der Werbeleiter bin – oder ist es so, daß ich zunächst allein bin und daß später weitere Werbefachleute dazukommen und ich dann eventuell der Leiter dieser Gruppe werden könnte?« – »Nun«, antwortete der freundliche Herr lächelnd, »eher das Letztere.«

Diese Antwort war unter den gegebenen Umständen nicht zu erwarten gewesen, um so erstaunlicher finde ich es, daß ich diese Frage überhaupt gestellt habe.

Heute weiß ich, daß ich nach dem Strategem Nr. 13 gehandelt hatte: »Auf das Gras schlagen, um die Schlangen aufzuscheuchen.«

Unserem Direktor erzählte ich von dieser unerwarteten Aussage und fügte dann hinzu, daß es mir bei meiner jetzigen Tätigkeit nicht so schlecht gehe, daß ich mich auf etwas Derartiges einlassen müßte. Er entgegnete darauf schmunzelnd, daß er mir unter diesen Umständen dann auch nicht dazu raten könne. – Später schickte er einen anderen dorthin. Er war, um mehr Einfluß zu gewinnen, nach dem Strategem Nr. 33, dem Agenten-Strategem, vorgegangen.

Argument ohne Worte

Als ich schließlich doch ein neues Arbeitsgebiet bekam, war das wirklich etwas Neues: die Werbung in der DDR und den anderen Staatshandelsländern des Ostblocks.

Werbung richtet sich ja in aller Regel an die Bezieher, also Käufer der angebotenen Produkte oder Verfahren, die auch Verwender, d. h. Benutzer sind. Ganz anders in den Staatshandelsländern, in denen die Käufe vom Außenhandelsministerium getätigt wurden, zu dem auch regelmäßige Kontakte bestanden.

Die möglichen Verwender aber waren nicht systematisch erreichbar, mußten aber die Produkte und Verfahren kennen, um sie beim Außenhandelsministerium anfordern zu können und um zu begründen, warum wertvolle Devisen dafür aufgewendet werden sollten.

Auf den Messen wurden die ausstellenden Firmen von zum Kontakt mit den »ausländischen« Firmen autorisierten »Kadern«, sprich Personen, besucht, die genaue Aufzeichnungen über ihre Gespräche machen mußten, um später berichten zu können. Fachleute auf allen Gebieten, über die Besprechungen geführt wurden, waren sie natürlich nicht.

Als ersten »Wegweiser« gab es von unserer Firma einen Prospekt, in dem die Produkte und Verfahren aufgelistet waren, geordnet nach den verschiedenen Anwenderindustrien. Die plakative Titelseite zeigte ein leuchtendrotes Motiv.

Als ich das erste Mal auf der Messe in Leipzig war, sah ich Rot in den vielen Papierkörben, d. h. die Titelseiten unserer schönen, weggeworfenen Prospekte. Das mußte anders werden!

Wie ich auf die Idee kam, weiß ich heute nicht mehr. Jedenfalls wollte ich den Prospekt verändern, und zwar in eine plakatähnliche, fahrplanartige, aber faltbare Übersicht auf der Vorderseite, so daß nach Verwenderindustrien geordnet das Angebot von Produkten und Verfahren dargestellt war. Auf die Rückseite wollte ich als »Wegwerfbremse« und nützliche Zugabe eine Straßenkarte von Europa drucken lassen.

Ich war mir so sicher, daß derartige neue Prospekte nicht mehr in Papierkörben landen würden, daß ich mir dachte, ich werde später um eine Kiste Champagner wetten.

Damals wußte ich noch nicht, daß ich entsprechend dem Strategem Nr. 14, »Für die Rückkehr der Seele einen Leichnam ausleihen«, vorgehen wollte. Die Formulierung dieses Merksatzes bezieht sich auf die chinesische Lehre von der Seelenwanderung. Es gab da wohl eine Geschichte, in der eine lebenshungrige Seele in einen fremden Leichnam schlüpfen mußte, um einen Körper für die Rückkehr in die Welt zu haben. Abstrakt gesehen besagt das Strategem Nr. 14, daß man Bekanntes, Altes oder gering Geachtetes mit etwas bereichert und ihm dadurch neuen Wert, Bedeutung, eben neues Leben verleiht.

Natürlich wollte ich diesen neuen Angebotsprospekt für alle Staatshandelsländer drucken lassen, in denen wir uns auf Messen präsentierten. Also ließ ich zunächst ein Muster machen und zeigte das den Geschäftsführern der Vertretungen der entsprechenden Länder. Alle waren dafür.

Wer beschreibt aber nun meine Überraschung, als mir von dem Leiter unserer Abteilung die Realisierung dieser Idee strikt verboten wurde; man fürchtete »politische Probleme« mit den jeweiligen Ländern. – Was nun?

Wie ich einmal erlaubt Verbotenes machte

Es dauerte nicht allzulange, bis mich der Leiter der ungarischen Vertretung fragte, wann er denn nun endlich die neuen Prospekte mit der Straßenkarte Europas bekäme. Ich sagte ihm, daß er die nie bekommen werde, weil die Abteilungsleitung politische Probleme befürchte und darum den Druck verboten habe.

Nach einiger Zeit bekam ich von ihm das Schreiben eines ungarischen Ministeriums mit offizieller Übersetzung; und darin hieß es, das Cserhátgebirge sei wirklich eine Naturschönheit, aber man habe es in Ungarn nur einmal, nordöstllich von Budapest, und nicht wie auf unserer Europakarte auch noch einmal südlich von Budapest. Wenn wir diesen Fehler korrigieren würden, genehmige man die Verwendung des Prospektes gern.

»Was tun?« fragte ich meinen Vorgesetzten. »Meine Aufgabe ist es, zum Wohle unseres Unternehmens Werbung zu machen, die Abteilungsleitung verbietet nun diese Drucksache, während das zuständige Ministerium in Ungarn es erlaubt.« Mein Vorgesetzter sagte da ganz salomonisch: »Nun, sehen wir die Angelegenheit mal so: Sie sollen diesen politisch für brisant gehaltenen Prospekt nicht im Gießkannenprinzip für alle Staatshandelsländer drucken lassen, aber nachdem die Genehmigung von offizieller Stelle in Ungarn vorliegt, drucken Sie ihn eben nur für dieses Land.«

Ohne es zu wissen, war ich nach dem Stratagem Nr. 25

vorgegangen: »(Ohne Veränderung der Fassade eines Hauses in dessen Innerem) die Tragbalken stehlen und die Stützpfosten austauschen.«

Bei dem nächsten Besuch des Leiters der Prager Vertretung lag deutlich sichtbar der ungarische Prospekt mit der Europakarte auf meinem Schreibtisch. Und wie nicht anders zu erwarten, fragte dieser süffisant, wann denn nun endlich der Prospekt für ihn fertig wäre. »Nie«, antwortete ich provokativ und schilderte die Situation.

Es dauerte nicht lange, da hatte ich aus Prag die Genehmigung des zuständigen Ministeriums auf dem Tisch, also druckte ich wieder. Und so ging es mit allen Ländern, so daß der neue Prospekt schließlich für jedes in der entsprechenden Sprache vorlag.

»Verkaufsförderung« Richtung Osten

Das komplette Lieferverzeichnis unseres Unternehmens war für ein Blatt zu umfangreich und auch für ein Heft; es war ein 20 x 30 cm großes, 18 mm dickes Buch. Es gab eine Fassung in Deutsch und eine in Englisch. Wo es in Osteuropa in diesen Sprachen nicht verwendet werden konnte, wäre eine russische Ausgabe sinnvoll.

Um die Herstellungskosten bei der vergleichsweise kleinen Stückzahl vertretbar zu halten und auch Porto zu sparen, verwendete ich eine kleinere Schrift, ließ auf den Seiten kaum noch einen unbedruckten Rand und verkleinerte das Format auf ein Viertel, nämlich Postkartengröße.

Um diesem »Werk« mit dem Charme eines Telefonbuchs aber nun doch ein wenig Besonderheit zu verleihen, änderte ich den Titel von »Lieferverzeichnis« in »Steigerung der Effektivität mit Hightechchemie«, ließ den Einband aus silbergrauer Hochglanzfolie herstellen und Titel und Firmenzeichen in Hochglanz-Silberprägung ausführen. Das sah sogar für deutsche Verhältnisse ganz bedeutend aus.

So hatte ich das Strategem Nr. 29 verwirklicht: »Einen (dürren) Baum mit (künstlichen) Blumen schmücken.«

Ein klassisches Zitat

Unser Unternehmen war weit über hundert Jahre alt, hatte schon auf der Pariser Weltausstellung – bekannt durch den extra dafür gebauten Eiffelturm – einen Preis für die heute noch stehenden Häuser einer Arbeitersiedlung bekommen und hatte seine eigene Firmenkultur.

Mit der beginnenden Globalisierung änderte sich mancherlei. Man spürte etwas und wußte nicht so recht, woran das lag. Das Betriebsklima wurde spürbar kälter.

Eines Tages wurden uns in der Routinesitzung kleine neue Faltblätter mit den neuen Richtlinien für »menschliche« Führung vorgestellt. Nach einer kurzen Einführung in Sinn, Zweck und Inhalt dieser neuen Richtlinien forderte der Direktor zu Diskussion auf. Eisiges Schweigen.

Da meldete ich mich zu Wort und sagte: »Schon Konfuzius bemerkte vor zweieinhalb Jahrtausenden: ›Wenn viel von Kindesliebe geredet wird, dann fehlt es wohl an dieser‹«, und setzte mich wieder. Niemand sagte auch nur ein einziges Wort.

Damit war dieser Punkt der Tagesordnung erledigt. Ohne es zu kennen, hatte ich mich entsprechend dem Strategem Nr. 26 verhalten: »Die Akazie schelten, (dabei aber) auf den Maulbeerbaum zeigen.« Und wie die Zukunft zeigte, hatte ich leider recht damit.

Ende gut – alles gut?

Als ich so um die 60 Jahre alt war, wollte man, daß ich in den vorzeitigen Ruhestand gehe. Da ich aber schon sehr lange im Unternehmen arbeitete, war ich unkündbar. Meine Zustimmung war erforderlich, wenn das Arbeitsverhältnis gelöst werden sollte und ich mit einer geringeren Rente in den vorzeitigen Ruhestand gehen würde.

Um mir das schmackhafter zu machen, versprach mir der Direktor eine kräftige Gehaltserhöhung. Daraufhin erklärte ich mich bereit und erhielt den Vertrag über die Auflösung des Arbeitsverhältnisses zu Prüfung und Unterschrift.

Ich kann heute nicht mehr sagen, was mich veranlaßte, den Vertrag nicht sofort zu unterschreiben; Klugheit war es nicht, eher Unsicherheit und letztlich vielleicht auch nur der kaufmännische Gedanke an die Erfüllung von Verträgen »Zug um Zug«.

Allerdings folgte alsbald ein Gespräch mit dem Personalreferenten, der mir sagte, daß eine Gehaltserhöhung für mich nicht erfolgen werde, schließlich habe man für die ganze Abteilung nur einen begrenzten Betrag für Gehaltserhöhungen zur Verfügung und müßte anderen etwas vorenthalten, wenn man mein Gehalt erhöhen würde. Also, mein Gehalt werde nicht erhöht.

Ich glaube, es war meinerseits weniger »Geldgier« als vielmehr der Wunsch, nicht mit dem Gefühl als der Genasführte und mit einem schalen Geschmack im Mund das Unternehmen verlassen zu müssen; was mich veranlaßte, nun einfach den Vertrag nicht zu unterschreiben, den ich eigentlich unterschrieben an die Zentrale Personalabteilung schicken sollte.

Die Zeit verging, und nichts geschah, bis ich eines Tages barsch zum Direktor befohlen wurde. Der herrschte mich dann wütend an, wie ich dazu käme, an seinem Wort zu zweifeln.

Ich hatte meinen guten Tag und erwiderte ganz freundlich, ich fände es gut, daß er so wütend über das sei, was auch mich so sehr ärgere. Aber ich sei nicht auf die Idee gekommen, daß ein Personalreferent ohne Wissen des Direktors dessen Entscheidung zuwiderhandeln könne. Vielleicht wäre es in der Tat besser gewesen, wenn ich wie ein Schuljunge zu ihm gekommen wäre: »Herr Direktor, der Soundso hat das und das gesagt.« Damit war dem Direktor der Wind aus den Segeln genommen, und so gab er mir ganz ruhig ein Schreiben, in dem mir die Gehaltserhöhung mitgeteilt wurde, beginnend rückwirkend ab 1. Januar.

Also bedankte ich mich, ging in mein Büro, unterschrieb den Auflösungsvertrag und schickte ihn ab.

Ohne es zu kennen, hatte ich erst das Strategem Nr. 28 angewendet: »Auf das Dach locken, um dann die Leiter wegzuziehen«, und dann Nr. 10: »Hinter dem Lächeln den Dolch verbergen.«

Ach, übrigens ...

... sind die Strategeme natürlich dazu gedacht, sinnvolles Verhalten und Handeln leichter zu machen und auch Strategem-Anwendungen anderer zu erkennen und je nach deren Intention fördern oder hemmen zu können.

Ob die verschiedenen Histörchen nun unterhaltsam zu lesen sind, entscheidet natürlich jeder für sich, und wem sie nicht gefallen, der ist bis hierher gar nicht gekommen.

Vielleicht ist es aber auch reizvoll, einmal im eigenen Leben nachzuspüren, ob man sich nicht selbst oft genug auf phantasievolle Weise aus Schwierigkeiten geholfen oder Zielen entgegengebracht hat; oder ob man derartiges von Freunden oder Bekannten weiß.

Die 36 Strategeme

Die folgende Aufzählung ist entnommen aus Harro von Senger: »36 Strategeme für Manager«.

1.) Den Himmel täuschend das Meer überqueren / Den Kaiser täuschen (indem man ihn in ein Haus am Meeresstrand einlädt, das in Wirklichkeit ein verkleidetes Schiff ist) und (ihn so dazu veranlassen) das Meer (zu) überqueren.

2.) (Die ungeschützte Hauptstadt des Staates) Wei belagern, um (den durch die Hauptstreitmacht des Staates Wei angegriffenen Staat) Zhao zu retten.

3.) Mit dem Messer eines anderen töten.

4.) Ausgeruht den erschöpften Feind erwarten.

5.) Eine Feuersbrunst für einen Raub ausnützen.

6.) Im Osten lärmen, im Westen angreifen.

7.) Aus einem Nichts etwas erzeugen.

8.) Sichtbar die (verbrannten) Holzstege wieder instand setzen, insgeheim (aber vor beendeter Reparatur heimlich) nach Chencang (zu einem Angriff auf den Gegner) marschieren.

9.) (Scheinbar unbeteiligt) die Feuersbrunst am gegenüberliegenden Ufer beobachten.

10.) Hinter dem Lächeln den Dolch verbergen.

11.) Den Pflaumenbaum anstelle des Pfirsichbaums verdorren lassen.

12.) Mit leichter Hand das (einem unerwartet über den Weg laufende) Schaf (geistesgegenwärtig) wegführen.

13.) Auf das Gras schlagen, um die Schlangen aufzuscheuchen.

14.) Für die Rückkehr der Seele einen Leichnam ausleihen.

15.) Den Tiger vom Berg in die Ebene locken.

16.) Will man etwas fangen, muß man es zunächst loslassen.

17.) Einen Backstein hinwerfen, um einen Jadestein zu erlangen.

18.) Will man eine Räuberbande unschädlich machen, muß man deren Anführer fangen.

19.) Unter dem Kessel das Brennholz wegziehen.

20.) Das Wasser trüben, um die (ihrer klaren Sicht beraubten) Fische zu fangen.

21.) Die Zikade entschlüpft ihrer goldenen Hülle.

22.) Die Türe schließen und den Dieb fangen.

23.) Sich mit dem fernen Feind verbünden, um den nahen Feind anzugreifen.

24.) Einen Weg (durch den Staat Yu) für einen Angriff gegen (dessen Nachbarstaat) Guo ausleihen (um nach der Besetzung von Guo auch Yu zu erobern).

25.) (Ohne Veränderung der Fassade eines Hauses in dessen Innerem) die Tragbalken stehlen und die Stützpfosten austauschen.

26.) Die Akazie schelten, (dabei aber) auf den Maulbeerbaum zeigen.

27.) Verrücktheit mimen, ohne das Gleichgewicht zu verlieren.

28.) Auf das Dach locken, um dann die Leiter wegzuziehen.

29.) Einen (dürren) Baum mit (künstlichen) Blumen schmücken.

30.) Die Rolle des Gastes in die des Gastgebers umkehren.

31.) Das Strategem des schönen Menschen / der schönen Frau.

32.) Das Strategem der Öffnung der Tore (einer in Wirklichkeit nicht verteidigungsbereiten Stadt).

33.) Das Agenten-Strategem / Das Strategem des Zwietracht-Säens.

34.) Das Strategem des leidenden Fleisches.

35.) Das Verkettungs-Strategem / Die Strategemverkettung.

36.) (Rechtzeitiges) Weglaufen ist (bei sich abzeichnender völliger Aussichtslosigkeit) das Beste.

Siehe auch www.36strategeme.de

Literatur

v. Senger, Harro, Strategeme, Band I, Bern, München, Wien (Scherz) 1994

v. Senger, Harro, Strategeme, Band II, Bern, München, Wien (Scherz) 2000

v. Senger, Harro, Die List, Frankfurt (Suhrkamp) 2000

v. Senger, Harro, 36 Strategeme für Manager, München, Wien (Hanser) 2004